U0064837

Fun 心讀雙語叢書建議適讀對象 ：

初級	學習英文 0～2 年者
中級	具基礎英文閱讀能力者（國小 4～6 年級 ）

A Party for Tabitha

小老鼠貝貝的驚喜派對

Marc Ponomareff　著

王平、倪靖、郜欣　繪

國家圖書館出版品預行編目資料

A Party for Tabitha：小老鼠貝貝的驚喜派對／Marc
　Ponomareff著；王平,倪靖,郜欣繪；本局編輯部譯.
　－－初版一刷.－－臺北市：三民，2005
　　　面；　　公分.－－(Fun心讀雙語叢書.小老鼠貝
　貝歷險記系列)
中英對照
ISBN 957－14－4231－3　（精裝）
1.英國語言－讀本
805.18　　　　　　　　　　　　　　94001182

網路書店位址　http://www.sanmin.com.tw

© A Party for Tabitha
——小老鼠貝貝的驚喜派對

著作人	Marc Ponomareff
繪　者	王平　倪靖　郜欣
譯　者	本局編輯部
出版諮詢顧問	殷偉芳
發行人	劉振強
著作財產權人	三民書局股份有限公司 臺北市復興北路386號
發行所	三民書局股份有限公司 地址／臺北市復興北路386號 電話／(02)25006600 郵撥／0009998－5
印刷所	三民書局股份有限公司
門市部	復北店／臺北市復興北路386號 重南店／臺北市重慶南路一段61號
初版一刷	2005年2月
編　號	S 805141
定　價	新臺幣壹佰捌拾元整

行政院新聞局登記證局版臺業字第○二○○號

ISBN　957－14－4231－3　（精裝）

For Justine

The elephants decided to give a welcoming party for Tabitha, the mouse. They had become very fond of[*] her. They hoped that Tabitha would stay and live with them.

★ 為生字，請參照生字表

On the day of the party, the elephants told Tabitha and Jessica, a baby elephant, to deliver a message to some giraffes* that lived nearby. They wanted to surprise the mouse. As soon as the two friends had gone, the elephants set to* work.

"To begin with, food!" said an old and wise elephant.

"I have heard that a cake is important, too."

The elephants gathered together many kinds of fruit. Tabitha loved nuts and seeds*, so the elephants searched for them all over the ground. They moved through the jungle like giant vacuum cleaners*, picking up every one they found.

To make a cake, the elephants crushed* together nuts and seeds. They mixed these with fruit that they squashed* under their giant feet. Then they used their trunks* to pat* the mixture into a hill. (It seems that some leaves, one surprised beetle*, and a few twigs* became mixed into the cake, also.)

When Tabitha and Jessica returned[*], the elephants gathered around them. Several elephants raised their trunks and trumpeted.

"Tabitha, we are having a party for you," said Jessica's mother.

Tabitha's cheeks turned red. "Gee, thanks," she said, with a big smile.

"When I first saw you, Tabitha," said one of the elephants, "I was worried that I might step on you by mistake. But now I'm glad that you're here."

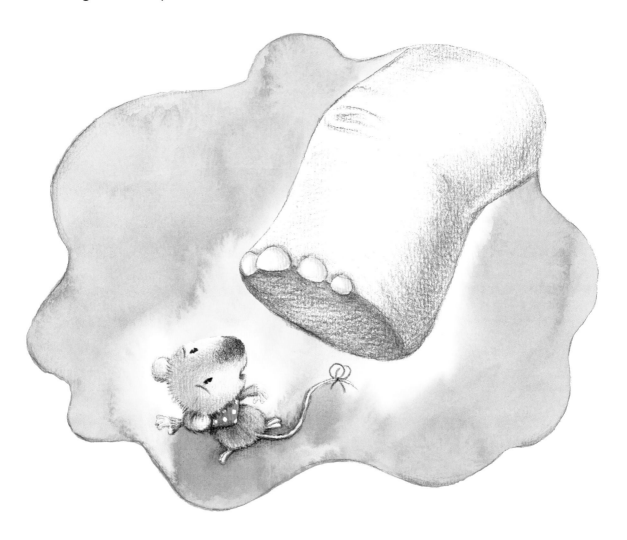

"Harrumpph," said one of the more grumpy* elephants. "At first, Tabitha, I didn't like you at all. But now I would miss you very much, if you left."

Tabitha held her paws* behind her back, and scuffed* one foot against the ground. She was feeling bashful*.

"Try a piece of cake!" said several elephants at once.

Tabitha took a piece of the cake in her paw and nibbled* at it. She made polite noises. She tried her best not to make a face. Seeing the elephants staring at her with round eyes, as if they were waiting, Tabitha ate the entire* piece.

The elephants cheered.

They brought forward a large mat they had made with soft vines* from the jungle. Tabitha was placed in the center of the mat. The elephants made a circle around the mat, picked it up with their trunks, and Tabitha found herself sailing straight up into the air.

Up and up she soared*, higher than the treetops.

"Wheeeeeeeeeeeee!" squeaked Tabitha.

She landed back in the mat, laughing. Again and again, the elephants sent Tabitha flying into the air, and caught her when she came down.

Afterwards, Jessica and her parents each gave Tabitha a kiss. They looked at her fondly.

"I'm glad to have you as a friend," said Jessica. "I hope that you never leave us."

"Never!" said Tabitha, smiling at her. "I love it here. The jungle is the place for me!"

生字表

adj.= 形容詞，n.= 名詞，v.= 動詞

故事中譯

p.2

大象們決定要為小老鼠貝貝舉行一個歡迎派對。他們都變得非常喜歡她，而且還希望貝貝可以留下來，跟他們一起生活。

p.4

要舉行派對的那一天，大象們請貝貝和象寶寶小潔去傳個消息給住在附近的一些長頸鹿。他們希望給這隻小老鼠一個驚喜。一等到她們兩個離開後，大象們就開始他們的準備工作了。

p.6

一隻年長又有智慧的大象說：「讓我們從食物開始著手吧！我聽說，蛋糕也很重要。」

p.7

　　大象們蒐集了許多種不同的水果。
由於貝貝喜歡堅果跟種子，所以大象們也
在地上到處尋找這些東西。他們像巨大的吸塵
器一樣，一邊穿越叢林，一邊撿起他們
找到的每一顆堅果跟種子。

p.8

　　為了要做蛋糕，大象們把堅果跟種子一
起壓碎。他們還將一些被他們用巨大的腳
踩扁的水果混在裡面，然後再用象鼻子輕
輕的把這些混合物拍成一座小山丘的樣
子。（看起來還有一些樹葉、一隻驚訝的甲
蟲，和一些小樹枝也不小心被混進蛋糕裡了。）

22

p.10

當貝貝和小潔回來的時候，大象們把她們倆圍了起來。好幾隻大象還高舉他們的鼻子，發出像喇叭一樣的叫聲。

小潔的媽媽說：「貝貝，我們為妳舉辦了一個派對。」

p.12

貝貝的臉頰都紅了。她露出了大大的微笑，說：「哇！真是謝謝你們！」

其中一頭大象說：「貝貝，當我第一次見到妳的時候，我擔心自己會一不小心就踩到妳。但是現在，我很高興有妳在這裡。」

p.13

另外一頭脾氣更壞的大象說：

「沒錯！貝貝，剛開始的時候，我一點都不喜歡妳。但是現在如果妳離開了，我會非常想念妳的。」貝貝覺得很不好意思，將兩隻手放在背後，一隻腳還在地上磨呀磨的。

p.14

好幾隻大象同時說:「試吃一塊蛋糕吧！」

貝貝用手拿了一塊蛋糕，輕輕的咬了一小口。她吃的時候有禮貌的發出了一些聲音，還盡量試著不要做出奇怪的表情。看到這些大象用圓圓的眼睛盯著她，好像在等什麼似的，貝貝就把整塊蛋糕都吃光了。

大象們高興得歡呼了起來。

p.16

大象們搬出了一張他們用叢林裡的軟樹藤編成的大墊子，貝貝就被放在那張墊子的正中央。大象們繞著那張墊子、圍成一個圈圈，用他們的鼻子把墊子舉起來，然後，貝貝發現自己被直直的拋向空中。

她越飛越高，甚至比樹頂還要高了！

貝貝尖聲叫著：「哇！」

她掉回墊子上，開心的笑著。一次又一次，大象們把貝貝拋向空中，然後在她掉下來的時候接住她。

p.18

之後，小潔跟她的父母各親了

貝貝一下。他們溫柔的看著她。

小潔說：「我很高興有妳這個朋友，希望妳永遠都不要離開我們！」

貝貝對她微笑著說：「絕對不會的！我好愛這個地方！這座叢林就是我的家！」

1. 請ㄑㄧㄥˇ圈ㄑㄩㄢ出ㄔㄨ五ㄨˇ個ㄍㄜ在ㄗㄞˋ故ㄍㄨˋ事ㄕˋ裡ㄌㄧˇ出ㄔㄨ現ㄒㄧㄢˋ過ㄍㄨㄛˋ的ㄉㄜ生ㄕㄥ字ㄗˋ。
直ㄓˊ的ㄉㄜ和ㄏㄜˊ橫ㄏㄥˊ的ㄉㄜ都ㄉㄡ有ㄧㄡˇ喔ㄛ！

```
f  n  y  g  j  p  l
r  m  v  i  n  e  x
g  q  t  r  u  n  k
f  j  p  a  w  g  h
h  k  m  f  d  w  i
f  j  r  f  u  z  l
q  s  e  e  d  q  s
o  d  k  p  c  g  b
```

2.請將上頁你圈出來的生字，放入下圖
　合適的位置。

1.

2.

3.

4.

5.

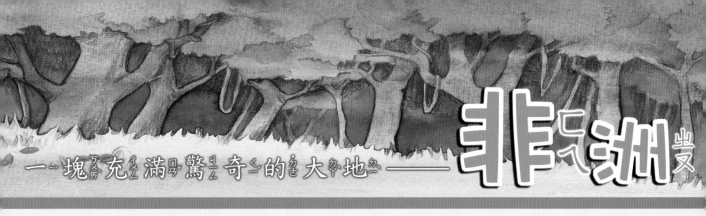

一塊充滿驚奇的大地——非洲

　　在看完了小老鼠貝貝跟象寶寶小潔的故事之後，你會不會對他們的家——非洲——感到好奇呢？我們一起來了解一下這塊充滿驚奇的大陸吧！

　　非洲是世界第二大洲（僅次於亞洲），大部份屬於熱帶和亞熱帶氣候，天氣高溫、少雨、乾燥，只有少數地區的氣溫較涼爽，所以有「熱帶大陸」之稱。受到氣候的影響，非洲的地理環境也包羅萬象，從乾燥的沙漠，草地低矮的大草原，到終年有雨的熱帶雨林，都存在於這塊土地上。也因為這樣特殊的環境，非洲才能孕育出數量和種類都十分壯觀的動物和植物呢！

　　除了擁有豐富的大自然寶藏之外，非洲也擁有著源遠流長的古文明——世界四大古文明之一的埃及文明。不過，非洲的發展始終無法跟上其他各大洲的腳步，它的經濟比其他地區都要落後。

　　非洲的經濟雖然比較落後，但是它有許多方面可是要「叫它第一名」喔！想知道非洲有哪些方面是世界之冠嗎？接下來你就知道了！

物產之最

非洲的物產非常豐富，尤其是礦產，世界上最重要的 50 種礦產非洲都不缺，其中至少有 17 種礦產的蘊藏量位居世界第一呢！珍貴的黃金和鑽石更是非洲久負盛名的礦產喔！

地理之最

非洲擁有世界上最長的河——尼羅河，世界上最大的沙漠——撒哈拉沙漠，世界上最長的裂谷——東非大裂谷，世界上最大的盆地——剛果盆地等等，充滿著許許多多的地理奇觀。

動物之最

非洲的大草原和雨林（也就是一般人所說的「非洲叢林」）裡，住了很多珍禽異獸，其中像是陸上最大的動物——非洲象、世界上最高的動物——長頸鹿、世界上跑得最快的動物——獵豹等等，都是以非洲為家喔！

現在，你是不是對非洲又多一分了解呢？也許有一天，你會有機會親自去拜訪這塊熱情的大地喔！

30

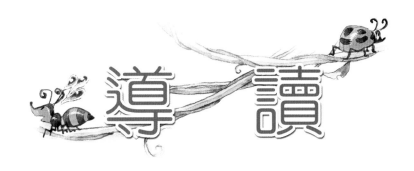

導讀

出版諮詢顧問／殷偉芳

　　《小老鼠貝貝的驚喜派對》傳達了我個人以為是貝貝最了不起的，也是現今小朋友們普遍最缺乏的一項特質——懂得珍惜。

　　大象們為貝貝做蛋糕是一份難得的心意，不過大象們不懂得烘焙原理，只會用自己想到的方式做，做出來的成品必是令人不敢領教的。然而即使不好吃，貝貝為了不辜負大象們的心意，也努力的把手上那塊蛋糕吃完。大人們不妨利用這個故事，教導小朋友要珍惜身邊關心自己的人，體恤他人的感受，進而愛惜和這些人相關的事與物。

　　同時，這個故事對友誼的讚頌，也再次的點出《小老鼠貝貝歷險記》這套書的主旨精神。從大象們對貝貝的真情告白，我們可以看到他們原本對貝貝的成見，最後轉化成美麗而可貴的友誼。藉由這個故事，我們可以讓孩子們瞭解「朋友」在一個人的生命中，所扮演的重要角色，並與他們一同分享友誼的喜悅。

小老鼠貝貝歷險記系列
Tabitha and the Elephants

Marc Ponomareff 著／王平，倪靖，郜欣 繪／本局編輯部 譯

精裝／附中英雙語朗讀CD／全套六本

一隻機智勇敢的小老鼠，
一隻真誠可愛的象寶寶，
六本為孩子量身打造的雙語繪本，
讓你在一連串驚險刺激的冒險故事中學英文！

看小老鼠貝貝與象寶寶小潔，
如何在土狼、蟒蛇、鱷魚、及獅子的威脅下，
靠著默契與機智度過一次次的難關！！

二十六個妙朋友，陪你一起

✿26個妙朋友系列✿

二十六個英文字母，二十六冊有趣的讀本，最適合初學英文的你！

快樂學英文！

精心錄製的雙語CD，
　　讓孩子學會正確的英文發音
用心構思的故事情節，
　　讓兒童熟悉生活中常見的單字
特別設計的親子活動，
　　讓家長和小朋友一起動動手、動動腦